Karni und Nickel

Claude Boujon, 1930–1995, leitete viele Jahre einen Verlag für Kinderzeitschriften. Seit 1972 widmete er sich ganz den Künsten, malte, illustrierte, arbeitete bildhauerisch und fürs Theater. In Frankreich veröffentlichte er zwei Dutzend Bilderbücher.

Tilde Michels (1920–2012), geboren in Frankfurt am Main, lebte als Autorin und Übersetzerin in München. Von ihr stammen u.a. die bekannten Kinderbücher *Kleiner König Kalle Wirsch* und *Es klopft bei Wanja in der Nacht.*

MINIMAX

Herausgegeben in Zusammenarbeit mit dem Moritz Verlag
von Markus Weber

www.beltz.de
Erstmals als MINIMAX bei Beltz & Gelberg im August 2005

Karni und Nickel erschien erstmals 1991 im Ellermann Verlag
Die französische Originalausgabe erschien 1989
unter dem Titel *La brouille*
bei l'école des loisirs, Paris

Neue Rechtschreibung
Gesamtherstellung: Beltz Bad Langensalza GmbH, Bad Langensalza
Printed in Germany
ISBN 3 407 76028 0
7 8 9 10 16 15 14 13

Claude Boujon

Karni und Nickel

oder Der große Krach

Deutsche Textfassung von
Tilde Michels

BELTZ
& Gelberg

Auf einer Wiese hatten sich zwei Kaninchen ihre Wohnungen dicht nebeneinander in die Erde gegraben. Das eine hieß Karni und das andere Nickel.

Zuerst verstanden sie sich gut. Wenn sie in
Köpfe aus ihren Erdlöchern streckten, grüßten sie sich freundlich.
»Guten Morgen!«, rief Karni.
»Hallo, wie geht's? Wunderbares Wetter heute«, erwiderte Nickel.

Eines schönen Tages aber ... Nein, ein schöner Tag war das nicht.
Es war ein ganz schlechter Tag, weil die beiden Kaninchen Streit bekamen.
Als Karni aus seinem Loch schaute, sah er nämlich, dass Nickel seinen Abfall einfach auf die Wiese geworfen hatte.
»So ein Ferkel!«, schimpfte Karni. »He du! Räum sofort das Zeug weg!«

»Dem werd ich's zeigen!«, murmelte Karni und stellte am nächsten Tag in aller Früh das Radio an. Ganz laut. Erbost steckte Nickel den Kopf aus seinem Erdloch und brüllte:
»Ruhe! Mach sofort den Kasten aus! Bei dem Lärm brechen einem ja die Ohren ab.«

Von da an hatten die beiden ständig Streit.
»Häng deine Wäsche gefälligst woanders hin!«, zeterte Karni. »Sie versperrt mir die ganze Aussicht.«

»Reg dich nicht auf!«, sagte Nickel, schleuderte ein Stück Seife hinüber und rief: »Wasch dich lieber mal gründlich, du Stinktier.«

Jetzt hatte Karni aber genug! »Schluss! Ich will dich nicht mehr sehen«, schrie er. »Ich bau mir eine Mauer.«

Kaum war die Mauer fertig, da stürmte Nickel mit einer Spitzhacke darauf los und zertrümmerte sie zu Staub. Der Wind blies ihre Reste in alle Himmelsrichtungen.

Jetzt war der große Krach da.
»Hau ab, du mieser Kaputtmacher!«, rief Karni. »Ich schlag dir die Nase krumm!«
»Ich zieh dir die Löffel lang, altes Schlappohr!«, keifte Nickel.

Und sie prügelten aufeinander ein.

Sie verdroschen sich so wild, dass sie gar nicht merkten, wie ein Fuchs angeschlichen kam.
»Sieh an, sieh an, zwei Streitkarnickel!«, murmelte er.
»Die fange ich mir zum Frühstück. Das wird eine leichte Beute sein.«

Er machte einen großen Satz – und hätte die beiden Kaninchen beinahe geschnappt. Die aber stürzten sich im allerletzten Augenblick kopfüber in Karnis Erdloch. Alle beide zusammen.

»Ich werde schon einen von euch erwischen«, knurrte der Fuchs und steckte seine Pfote in das Loch. »Braun oder grau, Kaninchen schmecken alle gleich.«

Immer tiefer angelte er in dem Loch herum. Aber er bekam sie nicht zu fassen. Karni und Nickel hatten in der Not ihren Streit vergessen. Mit vereinten Kräften gruben sie einen unterirdischen Gang zur Nachbarhöhle.

Der Fuchs wunderte sich, wieso er die Kaninchen nicht erwischte. Er steckte den Kopf ins Loch um nachzuschauen. In diesem Augenblick schlüpften die beiden aus Nickels Höhle und rannten davon, so schnell sie konnten.

Ob ich es noch mal im anderen Loch probiere?, überlegte der Fuchs.
Aber die beiden Kaninchen waren längst über alle Berge.

Seit diesem Tag sind Karni und Nickel die besten Freunde.
Sie streiten nur noch, wenn's gar nicht anders geht.
Den unterirdischen Gang haben sie gelassen. Denn der ist wirklich praktisch. Jetzt können sie sich sogar bei Regen besuchen ohne nass zu werden.
Und ein bisschen raufen können sie dann auch.

In der Reihe

MINIMAX

liegen vor:

Martin Baltscheit
Die Geschichte vom Löwen ...

Martin Baltscheit · Chr. Schwarz
Ich bin für mich

Kate Banks · Georg Hallensleben
Augen zu, kleiner Tiger!

Helga Bansch · Mirjam Pressler
Guten Morgen, gute Nacht

Jutta Bauer
Die Königin der Farben

Jutta Bauer · Kirsten Boie
Kein Tag für Juli
Juli, der Finder
Juli und das Monster
Juli und die Liebe
Juli tut Gutes
Juli wird Erster

Ron Brooks · Margaret Wild
Das Licht in den Blättern

Anthony Browne
Stimmen im Park

Janell Cannon
Stellaluna
Verdi

Chen Jianghong
Han Gan und das Wunderpferd

Chih-Yuan Chen
Gui-Gui, das kleine Entodil

Mireille d'Allancé
Auf meinen Papa ist Verlass
Robbi regt sich auf

Michel Gay
Eine Dose Kussbonbons

Helme Heine
Freunde (dt., engl., franz., türk.)
Na warte, sagte Schwarte
Der Rennwagen
Das schönste Ei der Welt
Tante Nudel, Onkel Ruhe ...

Satomi Ichikawa
Was macht ein Bär in Afrika?

Ernst Jandl · Norman Junge
fünfter sein

Janosch
Oh, wie schön ist Panama (dt., engl.)
Post für den Tiger (dt., engl.)
Komm, wir finden einen Schatz
Ich mach dich gesund, sagte der Bär (dt., engl.)
Guten Tag, kleines Schweinchen
Der kleine Tiger braucht ein Fahrrad
Riesenparty für den Tiger

Pija Lindenbaum
Franziska und die Wölfe
Franziska und die Elchbrüder
Franziska und die dussligen Schafe

Leo Lionni
Alexander und die Aufziehmaus
Der Buchstabenbaum
Cornelius
Das gehört mir!
Ein außergewöhnliches Ei
Fisch ist Fisch
Frederick
Matthias und sein Traum
Sechs Krähen
Swimmy

Irmgard Lucht
Das Raupenabenteuer
Roter Mohn

Nadja
Blauer Hund

Ulf Nilsson · Anna-Clara Tidholm
Adieu, Herr Muffin

Christine Nöstlinger · Thomas Müller
Leon Pirat
Leon Pirat und der Goldschatz

Lorenz Pauli · Kathrin Schärer
mutig, mutig

Sergej Prokofjew · Frans Haacken
Peter und der Wolf

Mario Ramos
Ich bin der Schönste im ganzen Land!
Ich bin der Stärkste im ganzen Land!

Kathrin Schärer
So war das! Nein, so! Nein, so!
Wenn Fuchs und Hase sich Gute Nacht sagen

Axel Scheffler
Die drei kleinen Schweinchen ...

Axel Scheffler · Jon Blake
He Duda

Axel Scheffler · Julia Donaldson
Mein Haus ist zu eng und zu klein
Riese Rick macht sich schick

Axel Scheffler · Phyllis Root
Sam und das Meer

Monika Spang · Sonja Bougaeva
Das große Gähnen

Constanze Spengler
Zum Elefanten immer geradeaus

Anaïs Vaugelade
Lorenz ganz allein
Steinsuppe

Philip Waechter
Rosi in der Geisterbahn

Philip Waechter · Kirsten Boie
Was war zuerst da?

Philip Waechter · Dorothee Haentjes
Schaf ahoi

Anne Wilsdorf
Jojoba